丘のうなじ

大岡 信詩集
谷川俊太郎編

童話屋

丘のうなじ　目次

装幀　安野光雅
篆刻　内藤富卿

丘のうなじ

うたのように　2

教室の窓にひらひら舞っているのは
あれは蝶ではありません
枯葉です

墓標の上にとまっているのは
あれは蝶ではありません
枯葉です

君と君の恋人の胸の間に飛んでいるのは
あれは蝶ではありません
枯葉です

え　雪ですか
さらさらと静かに無限に降ってくるのは
ちがいます　天に溢れた枯葉です

裸の地球も新しい衣装を着ますね
あなたの眼にも葉脈がひろがりましたね
夜ごとにぼくらは空の奥へ吹かれるんですね

あ　あなたでしたか　昨夜ぼくを撫でていたひと
すみません　忘れてしまって
だれもかれも手足がすんなり長くなって
舞うように歩いていますね

さむい夜明け

いくたびか冷たい朝の風をきって私は落ちた
雲海の中に……
馴鹿《となかい》たちは氷河地帯に追いやられ
微光の中を静かな足で歩んでいた

いくたびか古城をめぐる伝説に
若い命がささげられ
城壁は人血を吸ってくろぐろとさび
人はそれを歴史と名づけ蔦で飾った

いくたびか季節をめぐるうろこ雲に
恋人たちは悲しくめざめ
いく夜かは
銀河にかれらの乳が流れた

鳥たちは星から星へ
おちていった
無法にひろがる空を渡って
心ばかりはあわれにちさくしぼんでいた

ある朝は素足の女が馳けさった
波止場の方へ
ある朝は素足の男が引かれてきた
波止場の方から

空ばかり澄みきっていた
溺れてしまう　溺れてしまうと

波止場で女が
うたっていた
ものいわぬ靴下ばかり
眼ざめるように美しかった

春のために

砂浜にまどろむ春を掘りおこし
おまえはそれで髪を飾る　おまえは笑う
波紋のように空に散る笑いの泡立ち
海は静かに草色の陽を温めている

おまえの手をぼくの手に
おまえのつぶてをぼくの空に　ああ
今日の空の底を流れる花びらの影

ぼくらの腕に萌え出る新芽
ぼくらの視野の中心に
しぶきをあげて廻転する金の太陽
ぼくら　湖であり樹木であり
芝生の上の木洩れ日であり
木洩れ日のおどるおまえの髪の段丘である
ぼくら

新らしい風の中でドアが開かれ
緑の影とぼくらとを呼ぶ夥しい手
道は柔らかい地の肌の上になまなましく
泉の中でおまえの腕は輝いている
そしてぼくらの睫毛の下には陽を浴びて
静かに成熟しはじめる
海と果実

可愛想な隣人たち

遠くの空から埃をかぶって
切子細工の軍隊が行進してくる
けものの皮がかれらの旗
かれらはけものの歌をうたう

壁と壁にかこまれて
ぼくは生きる　そして時々目撃する
四角い空から血がしたたって
葦の間の子供が沈んでゆくのを

ぼくらはふいに沈んでゆく
沈む自由はぼくらにない
波はぼくらの家より高く
時には星にもしぶきをかける

生きる権利もぼくらにとっては義務である
日時計の目盛りをみだして
夢のきれいな蝶番は
砕けてしまった　遠い磯で足の下で

夜が最後の燈火と淋しく笑みあい
静かにそれをくつがえすころ
美しすぎる音楽はぼくらの手足の
関節をはずしてすぎる

夏の訪れ

しつとりと濡れたねぎの葉やもろこしの葉
水玉をコロコロと走らせて静かに揺れてゐる萩の葉
日増しに伸びる豆の葉　可憐な白い花々
これらの生命が今　朝の日を思ふがままに吸うて
剰つた光をさんさんと四方《あたり》に撒き散らす
しめつた大地はもうもうと湯気を吹き出し
青い空には真白な雲が悠々と浮んでゐる

社の杜の鳥の群が強い力に躍り狂ひ
杜の高い木々は私の耳にその声を木霊する
ああ　なべてのものが今　強烈な意識を得て
強烈な光を発散してゐる
そして人間も眠りを吹き飛ばし
嬉々として躍動する
何といふ楽しいひととき
強烈な日光に痛む目に
今こそ夏が訪れたのだ。

虻

朝である。
凜冽として香はしき芳香の
いづくよりともなく溢れる朝である。
新鮮な大海は
茫漠として眼前に展《ひら》ける。
花よ、お前は過去の夢の集成
私は、お前を後に、
更に新しい花を
大海原に求め行く一匹の虻。

水底吹笛

三月幻想詩

ひようひようとふえをふかうよ
くちびるをあをくぬらしてふえをふかうよ
みなぞこにすわればすなはほろほろくづれ
ゆきなづむみづにゆれるはきんぎよぐさ
からみあふみどりをわけてつとはしる
ひめますのかげ——
ひようひようとあれらにふえをきかさうよ
みあげれば
みづのおもてにゆれゆれる
やよひのそらの　かなしさ　あをさ

しんしんとみみにはみづもしみいつて
むかしみたすゐしやうきゆうのつめたいゆめが
けふもぼくらをなかすのだが
うつすらともれてくるひにいのらうよ
がらすざいくのゆめでもいい　あたへてくれと
うしなつたむすうののぞみのはかなさが
とげられたわづかなのぞみのむなしさが
あすののぞみもむなしからうと
ふえにひそんでうたつてゐるが
ひめますのまあるいひとみをみつめながら
ひとときのみどりのゆめをすなにうつし
ひようひようとふえをふかうよ
くちびるをさあをにぬらしふえをふかうよ

懸崖

ひとたびは愛することのきびしさを教へ、ふたたびは愛されむとする醜さを与へたひとよ。宿命を思ひのままに悲しめと、私の周囲に懸崖をきづいたひとよ。その悲しみも空のむかうの空にしか映えなくなれば、もはやわたしに哭くすべもない。

蒼古の樹林を縫ひながら、黙々と懸崖をくだつてくるものの影。懸崖をのぼつてゆくものの影。かれらはやつてくる、やつてくる、谷底をなほもゐぐるために、狭めるために、黒い冷い土に挾んで、つまり私を埋めるために。そして私は心の中に、苔むす岩のひえびえとした洞穴をみる。

意志からの、かくもはげしい落魄のなかで、私は不意に眩暈《めまひ》を感じ、見つめかねる、懸崖の彼方、そのひとのくにに、さんさんと輝くものは、太陽の光であるか、あるひはまた、そこにもあつた暗く深い谷の上に、崇高な仮面を被《き》せる、雪であるかを。

（一九四九・八・中旬）

おはなし

その子はみどりのおさかなが食べたかった
おとなしく待っていたのもそのためさ
だのにさかなは
こげ茶の鎧にどろんこの兵隊靴
槍をふりあげとびかかってきた
むきだした歯から血がにじみ
釣針がぎらりと光って　母さんたすけて
坊やはお熱が高いの　静かに寝てね

そうじゃない　そうじゃない
さかな　さかな　血まみれのさかな
あいつがぼくにとびかかった
だれかがあいつに針をかけた
でもぼくじゃない　だのに　さかな
さかながぼくに槍を刺す
さかなはきっとまちがえてるんだ　母さんたすけて

坊やはお熱が高いの　夢をみてるの

ちがう　ちがう
兵隊靴の　でも眼はやさしくうるんでいる
さかなが森からとびだして
風を踏んで空をとぶぼくのお馬の
お尻を刺した
ロビンフッドのおじさんだって
そんないんちきしなかった　母さんたすけて

坊やはお熱が高いの　うなされてるの

こわい　こわい
さかながおおぜい吐きだした
兵隊のさかな　将校のさかな　将軍のさかな
みんな空より澄んでいる眼　どこも見てないめくらの眼
やせこけた指を突きだし
野原いっぱい散開して
みんな口に血をにじませて　母さんたすけて

オイ子供　ナゼオレタチニ針ヲカケタ

いやだ　いやだ　ぼくじゃない
きみたちみんなに針をかけたの　ぼくじゃない
オイ子供　親ハムゴイゾ　ムゴイゾ
行っておくれ　ぼくじゃない

ぼくはまだおなかの中に浮んでる子供なんだ
オイ子供　教エテヤロウカ
オレタチノアゴニ刺サッタ針ノ匂イ

たすけて母さん　さかながぼくを釣りあげる

いいえ坊や　坊やはお熱で
遠い国に迷いこんだの　それだけよ
母さんのおなかの中にいるんですけど
頭がすこししびれただけなの
ほら　砂ほこりがたったでしょう
坊やはお馬で帰ってきたのよ
だって坊やは　あしたこの世に生れるんですもの

たすけて母さん　ぼくの口から針の血が
たすけて母さん　ぼくの手に釣ざおがある

さわる

さわる。
木目の汁にさわる。
女のはるかな曲線にさわる。
ビルディングの砂に住む乾きにさわる。
色情的な音楽ののどもとにさわる。
さわる。
さわることは見ることか　おとこよ。

さわる。
咽喉の乾きにさわるレモンの汁。
デモンの咽喉にさわって動かぬ憂欝な智慧

熱い女の厚い部分にさわる冷えた指。
花　このわめいている　花。
さわる。

さわることは知ることか　おとこよ。

青年の初夏の夜の
星を破裂させる性欲。
窓辺に消えぬあの幻影
遠い浜の濡れた新聞　それを
やわらかく踏んで通るやわらかい足。
その足に眼のなかでさわる。

さわることは存在を認めることか。

名前にさわる。
名前とものの ばからしい隙間にさわる。

さわることの不安にさわる。
さわることの不安からくる興奮にさわる。
興奮がけっして知覚のたしかさを
保証しない不安にさわる。

さわることはさわることの確かさをたしかめることか。

さわることでは保証されない
さわることの確かさはどこにあるか。
さわることをおぼえたとき
いのちにめざめたことを知った。
めざめなんて自然にすぎぬと知ったとき
自然から落っこちたのだ。

さわる。
時のなかで現象はすべて虚構。
そのときさわる。すべてにさわる。

そのときさわることだけに確かさをさぐり
そのときさわるものは虚構。
さわることはさらに虚構。

どこへゆく。
さわることの不安にさわる。
不安が震えるとがった爪で
心臓をつかむ。
だがさわる。さわることからやり直す。
飛躍はない。

静物

冬の静物は傾き　まぶたを深くとざしている
ぼくは壁の前で今日も海をひろげるが
突堤から匍いあがる十八歳のずぶ濡れの思想を
静物の眼でみつめる成熟は　まだ来ない

家族

母親は河
だが父親は
孤独な島の梢だ
平野はかれのものではない

庭がくずれて泥の領土にもどる真夜中
子供はするどい
石の矢尻をとばしながら
夜のいちばん深い森へ帰る
兇暴な誕生の血が
ゆっくり固まりはじめている
霧にとざされた卵性の墓地へ

そこでは子供はまだ
めくらの光源体だ
鳴っている沈黙
とまりながら猛烈に回転している車輪だ
波うつ死の海は
母親の河のはるか下流にある

洪水の記憶は
誕生の記憶
子供は泳ぐ苦痛のなかで
すでに魚類を模倣していた
かれは模倣によってそだち
幻をひろげて視野を作ってゆくだろう
だがかれの愛が
肉に食い入るナイフの手ごたえさえ得られず
かれの眼が
移動をつづける秩序の砂に食い破られるとき

かれは渇き
かれは叫び
戦争を要求するだろう

そのとき父親は
かつての父親たちを真似て
やさしすぎてこの世に存在しない水牛を
かれのために
庭で飼ってやらねば
ならないだろうか

大佐とわたし

旧き悪しき戦略思想家たちに

大佐　大佐　大佐
あなたを愛しているのはわたしです
あなたはどこへいらっしゃるのですか
退屈な朝八時　学校へいらっしゃいますか
大佐　大佐　大佐
わたしがあなたを愛するのは
わたしが爆弾を愛するからである
引金の奥につまっている
可能性の精密なかたまりを
愛するからである

十万個の部品が
いっせいに連動する地震的な美しさを
愛するからである
そしてあなたが爆弾にすぎないからである
おう　大佐　大佐　大佐
雲は美しい
垂直に猛烈に地上から成層圏までさかのぼる
雲は美しい
地震計は失神せよそして壊れよ
人間は失神せよそして壊れよ
鳥は失神せよそして壊れよ
大佐　大佐　大佐
待避壕から学校へゆく
あなたの正確な歩幅をわたしは愛する
あなたの講義はデカルト以上に無駄がない
ラテン語にして伝単で撒きたい
クーフィク文字に刻んで祭壇にかざりたい

サンスクリットに訳して菩提樹の下で抱いて死にたい
コロンブスよりさきにアメリカ大陸を発見した男に
聞かしてやりたい聞かしてやりたい
大佐　大佐　大佐
爆弾をつくるのはなぜですか？
ピッ　ピッ　ピッ　ピ
そんなことがわからんのか諸君
爆弾をつくるのは
それを捨てるためにほかならん
平和のために爆弾を捨てる
爆弾はいつも足らんのだ
平和がいつも足らんからな
爆弾をつくれ！
ピッ　ピッ　ピッ　ピ
おう　大佐　大佐　大佐
わたしがあなたの娘さんと
暗いホテルで抱きあったのも

彼女を捨てるためだったのか
大佐　大佐　大佐
あなたを愛しているのはわたしです
それはあなたが爆弾にすぎないからである
わたしはあなたを捨てねばならぬ
それはサンスクリットの詩にも
わたしの詩にも書いてある
命令である

マリリン　（抄出　第1・4・6・7連）

死
そこからフィルムが
あらためて逆転してくる
鏡

＊

いまは
ひとしずくの涙だけが
すべてを語りうる時代だ
裸かの死体が語る言葉を
そよぐ毛髪ほどにも正確に
語りうる文字はないだろう

文字は死の上澄みをすくって
ぷるぷる震える詩のプリンを作るだけだ

*

マリリン
君の魂は世界よりも騒がしく不安で
エビのひげより臆病で
世の女たちの鑑だった
アジサイの茂みからのぞく太陽
君の笑いに
かつてヤンキーの知らなかった妖精伝説の
最初の告知があった
君が眠りと眼覚めのあわいで
大きな回転ドアに入ったきり
二度と姿を見せないので
ドアのむこうとこちらとで

とてもたくさんの鬼ごっこが流行った
とてもたくさんの鬼ごっこが流行ったので
君はほんとに優しい鬼になってしまい
二度と姿を見せることが
できなくなった
そしてすべての詩は蒼ざめ
すべての涙もろい国は
蒼白な村になって
ひそかに窓を濡らさねばならなかった

*

マリリン
マリーン
ブルー

少年時

水草の重たい吐息におおわれた
夕暮のまちを魚《うお》のように
手紙のように縫ってゆく
春　そして　驟雨

石段のうえで
透明なぼくの影を鳩がついばみ
遠くの空を
死者たちが噴水にのって昇ってゆく

風が吹き
瞳を洗いにやってくる
枯葉の雨
金魚鉢の金魚の背中に子供がひとり
藻草を食い
夕日のへりにひっかかった遙かな町から
おねぎを下げて歩いてくるぼくの素足の
こいびと

物語の人々

回教の絵かき
偶像禁止の掟ゆえ
ひとの顔を描くことができぬ
ランプの下で唐草模様を発明する
《おおアッラー　でもわたくしは食っていかねばなりません》
おそるおそる貨幣に刻むカリフの顔
《カリフ様はことのほかご満悦とお見受けしたぞ
大っぴらには言えんがの》

おお権力は宗教よりも寛大なるかな

不能の国王は望遠鏡をつかむ
海辺で熟れた桃の丸味におおわれた尻を
カーテンの割目を通して眼で舐める
しかしレンズはあんずのように向日性
浜で侍徒とたわむれる若い王妃に吸いよせられる
《ブルータスおまえもか》
ごきげんとりの大臣が叫んだ
国王はだまっていた
世界は嘲笑にみち
国王は寵臣の弔鐘を鳴らす

おお権力は微笑よりも孤独なるかな

真珠とプランクトン

筏のしたで
種子入れの終った貝が熟れている
黒い貝殻の内がわで
つつしみぶかく虹が熟れている
アラフラ海やメキシコ湾でも
貝の寝床で熟れているのは虹だ

ある日蓋をこじあけると
円い商品がころがり落ちる
真珠をけずって飲み薬にした時代もあった
ヒステリーの貴婦人たちが
政治を支配した時代
彼女らはたぶん　虹を飲んでいたのだが

帆前船の影もみえない華やかな街を
真珠がいくつも通ってゆく
しかし虹はどこにもない
プランクトンのむれを
今なおまわりに泳がせている真珠は
いっそう　まれだ

春の内景

満員電車の　眼と鼻のさき
細いうなじに沿って
見えない旋律がひっそりたちのぼっている
それはとても遠い土地の匂いだ

受験生の疲れた眼差しが
窓のなかで燐光する
雨あがりのカタツムリは
大きな墓地をめぐっている

だれの手にも猟銃はないのに
人間はなぜ追いつ追われつするのか
なぜカタツムリよりもたくさんの航跡と
逃亡の軌跡を心の肌に光らせているのか

炎のうた

わたしに触れると
ひとは恐怖の叫びをあげる
でもわたしは知らない
自分が熱いのか冷たいのかを
わたしは片時も同じ位置にとどまらず
一瞬前のわたしはもう存在しないからだ
わたしは燃えることによってつねに立ち去る

わたしは闇と敵対するが
わたしが帰っていくところは
闇のなかにしかない

人間がわたしを恐れるのは
わたしがわたしの知らない理由によって
木や紙やひとの肉体に好んで近づき
身をすりよせて愛撫し呑みつくし
わたし自身もまた
それらの灰の上で亡びさる
無欲さに徹しているからだ
わたしに触れたひとがあげる叫びは
わたしが人間にいだいている友情が
いかに彼らの驚きのまとであるかを
教えてくれる

環礁

武満徹のために

1

唇と唇がつくる地平線に
てのひらの熱いことばに
からだとからだの噴火口に
ひとは埋める
いのちと死がだきあっている
魂のシャム双生児《ふたご》を

十月の澄んだ空気に
いのちの流れは死の湖の
なめらかな皮膚となり
人間はひとりひとり
鏡を心臓にもった
夜になる

太陽
空にはりつけられた
球根

2

鳥
こころの火山弾
風の屋根を突き抜ける秋の瞳

樹
地球の奥の燃える髪の毛
恋する人の溶ける指さき

街
食いちらされた神の食卓
かくれる沈黙

人は沈む
深い眠りのトンネルを
花びらのように乱れて流れて

ああ　でもわたしはひとつの島
太陽が貝の森に射しこむとき
わたしは透明な環礁になる
泡だつ愛の紋章になる

＊一九六二年夏、武満徹の「ソプラノとオーケストラのための『環礁』」（同年十月初演）のため

地名論

水道管はうたえよ
御茶の水は流れて
鵠沼に溜り
荻窪に落ち
奥入瀬で輝け
サッポロ
バルパライソ
トンブクトゥーは
耳の中で
雨垂れのように延びつづけよ
奇体にも懐かしい名前をもった
すべての土地の精霊よ
時間の列柱となって

おれを包んでくれ
おお　見知らぬ土地を限りなく
数えあげることは
どうして人をこのように
音楽の房でいっぱいにするのか
燃えあがるカーテンの上で
煙が風に
形をあたえるように
名前は土地に
波動をあたえる
土地の名前はたぶん
光でできている
外国なまりがベニスといえば
しらみの混ったベッドの下で
暗い水が囁くだけだが
おお　ヴェネーツィア
故郷を離れた赤毛の娘が

叫べば　みよ
広場の石に光が溢れ
風は鳩を受胎する
おお
それみよ
瀬田の唐橋
雪駄のからかさ
東京は
いつも
曇り

風の説

風には種子も蔕《へた》もない。果実のように完結することを知らぬ。

わたしが歩くと、足もとに風が起る。けれどそれは、たちまち消える溜息だ。ほんとの風は、かならず遠方に起り、遠方に消える。

風には種子も蔕もない。果実のように熟すことを知らぬ。

風はたえずもんどりうって滑走し、あらゆる隙間を埋めることに熱中する透明な遊行者だ。

それは空中に位置を移した水というべきだ。

*

雨後。浅瀬あり。
林をたどっていく。
色鳥の繁殖。物音の空へのしろい浸透。
石はせせらぎに灌腸される。
石ころの括約筋のふるえ。
石ころの肉のふるえ。
風のゆらぐにつれ
陽は裏返って野に溢れ
人は一瞬千里眼をもつ。

風はわたしにささやく。
《この光の麻薬さえあれば
ね、螻蛄《けら》の水渡りだって
あなたに見せてあげられるわ》

このいとしい風めが。
嘘つきのひろびろの胸めが。

＊

別の風は運んでいる。
ついにまともな言葉にまで熟さなかった人語
　　のざわめき
ああいう人語は
仮死状態だとなぜこんなにもなつかしいのか。

すべての木《こ》の葉の繊毛に
こんもり露をもりあげる
気体の規則ただしい夜のいとなみも
かすかなざわめきに満ちているのではないか。

人間は神経細胞《ニューロン》の樹状突起をそよがせて

夜ごとあれらの樹の液と
ざわめきを感応させているのではないか。
そしてたがいのあいだには
もんどりうって滑走し、あらゆる隙間を埋め
　　ることに熱中する透明な遊行者が
ふかい空間の網を張っているのではないか。

あかつき葉っぱが生きている

なぜか
くだものの内がわへ
涼しい雨足がたっていたのだ
その明け方

葱と豆腐は
香ばしい匂いの粒になって
光と軽さをきそっていたのだ
そしておんなの脱ぎすてた
寝巻の波もまた

冷たい受話器に手をもたれ
砂が光りはじめるのを
見つめていたのだ
鷗も溶けるしずかな
潮の重いあけがた

ひと晩じゅう
眠らなかった者たちに
昨日と今日の境目が
あっただろうか

ふたりは天を容れるほらあなだった
そこに充ちるマンダラの地図だった

それでもおんなは
なぜか

香ばしい森だったのだ
あかつきの奥へ走る
あかつきの光だったのだ

たからかな蒼空の瀧音に
恍惚となったいちまいの
葉っぱを見たのだ
葉っぱはなぜか
野のへりを
ゆっくりと旅していたのだ

なぜか
そのいちまいの葉っぱは
ぼくの言葉で
ひっきりなしに
しゃべっていたのだ

わたしは月にはいかないだろう

わたしは月にはいかないだろう
わたしは領土をもたないだろう
わたしは唄をもつだろう

飛び魚になり
あのひとを追いかけるだろう

わたしは炎と洪水になり
わたしの四季を作るだろう

わたしはわたしを脱ぎ捨てるだろう
血と汗のめぐる地球の岸に──
わたしは月にはいかないだろう

冬

蓑を着て
枯れた庭の裸か木の枝に
ぶらさがつてるやつがゐる

こどもの背丈ほどの小枝に
三コもゐるのだ

葉巻型の小越冬家は
つかんだ指に従順なはずみで媚びる

袋のそとで嬲つてゐる殺意の指を
こいつは区別できてゐるのか
たとへば春の微風から？

死と微笑

市ヶ谷擾乱拾遺

男たちは死にあくがれる

入江の彩雨
家常茶飯の塩の閃き
印度洋よりはれやかな絵馬
それらがあるとき
男たちに見えなくなる

みちのほとりのあだごとに
傾ける耳をもたなかつた男たちの

魂魄は月しろよりもいかつて細り
唇は墓に封印される

血しぶきのかなた
公案は達磨の台座の
へこみに凍りついいたままだ

不遜にも男たちは死にあくがれる

少年は　唇を
大人は　腰を
おのがじし涼しげにひきしぼり
百千鳥《ももちどり》そらのももだちとるあした
残照を浴び蜥蜴たちが
紅葉の裏のむらさきをよぎるゆふぐれ
果実の毳《けば》にたまる露吸ひ
男たちは死にむかつて発《た》つ

なぜもない
ゆゑにもない
断言肯定断言否定の
なんたる解放
なんたる歓喜

衰へにかがやく霊は
映像の絶えた宇宙を
ほめうたうたひ　よろめいてゆく

鴨の脚はけふも林にささめいて降り
家常茶飯の塩はこぼれる

女たちは岸でほほゑむ

豊饒記

よくきく眼は必要だ
さらに必要なのは
からだのすべてで
はるかなものと内部の波に
同時に感応することだ

こころといふはるかなもの
まなこといふはるかなもの
舌といふ波であるもの
手足といふ波であるもの

ひとはみづから
はるかなものを載せてうごく波であり
波動するはるかなものだ

ある日つひに黄金の塊と化し
蒼空をかあんかあんと撃ちながら
雪崩れる光子の流氷をくるめかすもの
空に漂ふ大公孫樹《いちやう》

深大寺《じんだいじ》裏山に棲む
このはるかなもののため
秋の酒はとつておくのだ

トンボ眼鏡も流れてゆく
蕎麦の里の夕ぐれ
かんだかい声のあるじは

垣根ごしにザルを滑らし
舌ひらめかせる

「起きぬけに
公園裏の松林で
スウエデン体操するたのしみを
だれもわかってくれようとしない
くろぐろとした葉っぱのひまから
繊い空をのぞいてみなせ
乳液がほのかに湧いてくることもありまさ
行く秋や
情に落入る
方丈記
かね」

こゑといふ
はるかな波

行く秋や情に落入る方丈記——加舎白雄

とこしへの秋のうた　（抄出）

藤原俊成による

ながめ

むかしのこと　いまのこと　みらいのこと
まなこのおくにたゆたふさまざまのすがたに
ぼんやりまなざしをそそいでおもひにふけつてゐると
ひろびろとむなしいそらのはて
ふときえてゆくとうめいなしらくもひとつ

世中を思ひつらねてながむればむなしき空にきゆる白雲

片思ひ

知つてゐます
片思ひの腑甲斐ないわが身のことなら
当のわたし自身でさへ憎んでゐるのだ
お願ひだ　せめてわたしを憎んでください
憎む心だけでも　せめて同じと思つてゐたい

憂き身をばわれだに厭ふいとへたゞそをだに同じ心と思はむ

おもかげ

人知れぬ恋に思ひを焦がし
いかにあの人の面影を空にゑがきつづけたことか
心はをかしなやつ
いつからかあの人になじんでしまつたらしい
あの人のあらましの姿は
逢へずにゐる今でも心に見える

人しれぬ心やかねてなれぬらむあらましごとの俤ぞたつ

きぬぎぬ

朝まだき　心はたしかに女のもとにあづけてきた
それなのになんとも奇怪
日暮が近づくにつれ
胸がさわぐ　心があせる
心はたしかに女のもとにあづけてきたのに

心をばとゞめてこそは帰りつれあやしやなにの暮をまつらん

歳の暮

をかしなことだ　若いころは
年の逝くのが惜しくてならず
歳暮はなんだかいやだつた
いつからか　早く齢《よはひ》をかさねたいと
あらたまる年が待ち遠しい
老人のあはれこの心がはり

なかなかにむかしはけふも惜しかりき年やかへると今はまつかな

そのかみ

海星《ひとで》と空の光のあひだに
水平線はふるへる巣をかけ

未来のイヴは
すべての骨を
風にむかつてひろげてゐた
そのかみ

ピンぼけの写真のなかで
中年になつたぼくの友はほほゑみ
ひざの上の娘に
氷のさじを運んでゐる

波のきらめく狩野川のふちで
たちはら　みちざう
だざい　をさむ　を
教へてくれたのはかれだ

戦ひに敗れた日の
空腹と愁ひをそそる夏雲に
ぼくらはともづなを解いたのだが

苦しみの車馬を幾台も幾台も乗りつぶし
なだめすかしてぶらさげてきた
胃下垂の裾野のはてには闇があつた

かれは去年　ひと夏を甦つてすごし
それからふはりと軽くなり
冬のさなかに　息が消えた
胃袋にくらひついた蟹をかかへて

希望といふ残酷な光は
水平線にまだ漂つてゐる時刻なのに

太田裕雄——一九六七年十二月十八日歿

初秋午前五時白い器の前にたたずみ
谷川俊太郎を思つてうたふ述懐の唄

鶏《とり》なくこゑす　目エ覚ませ

死ぬときは
たいていの人が
まだ早すぎると嘆いて死ぬよね

《まだ早すぎる！
《死にとない！

ふしぎなこと
そんなに地上が楽しかつたか？
生きやすかつたか？

謎のなかの謎とはこれ

汗の穴まで
苦しみと呪ひをまぶし
こんがりと讒謗《ざんぼう》阿諛《あゆ》の天火《てんぴ》のなかで
おのが一身焼きに焼き
はてに仕上がる
舌もしびれる毒の美果
これはこれ
物かく男の肉だんご

たれゆゑにみだれそめにし玉の緒は
似るも姤けるもありはしない
一皮剝げば二目と見られぬ妄執のヒトデ
煮ても焼いても試し食ひなどできぬわサ
親兄弟の沈黙を笞《しもと》と感じ
白い器の眼を恐れ

たたずんでゐる夜明け
鶏《とり》なくこゑす　目エ覚ませ

君のことなら
何度でも語れると思ふよ　おれは
どんなに醜くゆがんだ日にも
君のうたを眼で逐ふと
涼しい穴がぽかりとあいた
牧草地の雨が
糞《ふん》を静かに洗ふのが君のうたさ

おれは涼しい穴を抜けて
イツスンサキハ闇ダ　といふ
君の思想の呟きの泡を
ぱちんぷちんとつぶしながら
気がつくと　雲のへりに坐つてゐるのだ

坊さんめいた君のきれいな後頭部を
なつかしく見つめてゐるのだ
ぱちん……
ぱちん……

粒だつた喜びと哀しみの
この感覚を君にうまく伝へることはできまい
どんなに小さなものについても
語り尽くすことはできない
沈黙の中味は
すべて言葉

だからおれは
君のことなら何度でも語れると思ふ
人間のうちなる波への
たえまない接近も
星雲への距離を少しもちぢめやしないが

おとし穴ならいつぱいあるさ
墜落する気絶のときを
はかるのがおれの批評　おれの遊び

こんなに近くてこんなに遠い存在を
おれたちはみな
家族と呼び
友と呼び
牧草地の雨に濡れる糞《ふん》のやうに
新鮮でありたいと願ふ

死ぬときは
たいていの人が
まだ早すぎると嘆いて死ぬよね
君はどうかな？
おれは？

見おろせば臍の顔さへ
隆起のむかうに没して見えぬ
はみ出し多く恥多き肉のおだんご
それでもなほ　あと幾十年
しつとりと蒸しこんがりと焦がして欲しと
肉は言ふ　肉は叫ぶ
謎のなかの謎とはこれ

人生では
否定的要素だけが
生のうまみを醗酵させる
とでもまつたく言ひたげに

信《しん》・アンドロメーダ　見ーえた？
俊《しゅん》・あんたのめだま　見ーえた！

＊《どんな小さなものについても……すべて言葉》まで四行、谷川俊太郎「anonym 4」より。

少年

大気の纖《ほそ》い折返しに
折りたたまれて
焰の娘と波の女が
たはむれてゐる

松林では
仲間ッぱづれの少年が
騒ぐ海を
けんめいに取押へてゐる
ただ一本の視線で

「こんな静かなレトルト世界で
蒸溜なんかされてたまるか」

仲間ッぱづれの少年よ
のどのふつくら盛りあがつた百合
挽きたての檜の木屑の匂ひよ
かもしかの眼よ
すでに心は五大陸をさまよひつくした
いとしい放浪者よ

きみと二人して
夜明けの荒い空気に酔ひ
露とざす街をあとに
光と石と魚の住む隣町へ
さまよつてゆかう

きみはじぶんを
通風孔だと想像したまへ
ほら　いま嵐が

小石といつしよに吸ひこまれてゆく
きみの中へ

ほら　いま煤煙《すす》が
嵐になつてとびだしてくる
きみの中から

さうさ
海鳥《うみどり》に
寝呆けまなこのやつなんか
一羽もゐないぜ

泉の轆轤がひつきりなしに
硬い水を新しくする
草の緑の千差萬別
これこそまことの
音ではないのか

少年よ　それから二人で
すみずみまで雨でできた
一羽の鳥を鑑賞しにゆかう
そのときだけは
雨女もいつしよに連れてさ

河底に影媛《かげひめ》あはれ横たはるまち
大気に融けて衣通姫《そとほり》の裳の揺れるまち
おお　囁きつづける
死霊《しれい》たちの住むまちをゆかう

けれど
少年よ
ぼくはきみの唇の上に
封印しておく
乳房よりも新鮮な

活字の母型で
「取扱注意！」
とね

丘のうなじ

丘のうなじがまるで光つたやうではないか
灌木の葉がいつせいにひるがへつたにすぎないのに

こひびとよ　きみの眼はかたつてゐた
あめつちのはじめ　非有だけがあつた日のふかいへこみを

ひとつの塔が曠野に立つて在りし日を
回想してゐる開拓地をすぎ　ぼくらは未来へころげた

凍りついてしまつた微笑を解き放つには
まだいつさいがまるで敵《かたき》のやうだつたけれど

こひびとよ　そのときもきみの眼はかたつてゐた
あめつちのはじめ　非有だけがあつた日のふかいへこみを

こゑふるはせてきみはうたつた
唇を発《た》つと　こゑは素直に風と鳥に化合した

火花の雨と質屋の旗のはためきのしたで
ぼくらはつくつた　いくつかの道具と夜を

あたへることと　あたへぬことのたはむれを
とどろくことと　おどろくことのたはむれを

すべての絹がくたびれはてた衣服となる午後
ぼくらはつくつた　いくつかの諺と笑ひを

編むことと　編まれることのたはむれを
うちあけることと匿すことのたはむれを

仙人が碁盤の音をひびかせてゐる谺のうへへ
ぼくは飛ばした　体液の歓喜の羽根を

こひびとよ　そのときもきみの眼はかたつてゐた
あめつちのはじめ　非有だけがあつた日のふかいへこみを

花粉にまみれて　自我の馬は変りつづける
街角でふりかへるたび　きみの顔は見知らぬ森となつて茂つた

裸のからだの房なす思ひを翳らせるため
天に繋つた露を溜めてはきみの毛にしみこませたが

きみはおのれが発した言葉の意味とは無縁な
べつの天体　べつの液になつて光つた

こひびとよ　ぼくらはつくつた　夜の地平で

うつことと　なみうつことのたはむれを
かむことと　はにかむことのたはむれを　そして
砂に書いた壊れやすい文字を護るぼくら自身を

男は女をしばし掩ふ天体として塔となり
女は男をしばし掩ふ天体として塔となる

ひとつの塔が曠野に立つて在りし日を
回想してゐる開拓地をすぎ　ぼくらは未来へころげた

ゆゑしらぬ悲しみによつていろどられ
海の打撃の歓びによつて伴奏されるひとときの休息
丘のうなじがまるで光つたやうではないか
灌木の葉がいつせいにひるがへつたにすぎないのに

馬具をつけた美少女

きみは描《か》けるといふのかい　ありつたけの
絵具をつかへばこの空に　絵が

きみは乾かすことができるといふの　ありつたけの
枯草を集めて燃やせば　この濁流が

おお　きみは照らせるのかい　ありつたけの
夕焼け雲をころがせば　このぼくの夜の芯が

美しい娘　きみはどこにもゐないから
こんなにもぼくに近い入江となつて

朝焼けにゆらゆら融けて　ぼくに囁きつづけるのかい
数へて！　数へてよ　この肉の館でとび散る星くづを！

おお　きみは刈りとることなどわけないといふか
悟性と知性の噴きあげで育つた庭など

むべなるかな　ぼくらの世紀は絵かきたちさへ形而上の瞑想に溺れ
揺籠よりは墓石の上に愛《かな》しい光が溢れてゐてさ

おお　きみはやがて誕生するまでの久しいあひだ
霜に鞭がこだまする暗い地上で馬具をまとつて繋つてくれ

ぼくらの皮膚はささくれのきた鞣し皮　口づけは膿を吸ふさま
友だちの姿もふいに見えなくなつて

それでもきみは描けるといふ　ありつたけの
絵具をつかへばこの空に　絵が

それでもきみは照らせるといふ　ありつたけの
夕焼け雲をころがせば　このぼくの夜の芯が

美しい娘　きみはどこにもゐないから
ぼくはきみとどこでもいつしよに暮らしてゐるよ

美しい娘　ぼくにきみが見えるやうには
きみにぼくが見えないので　ぼくにはきみがいつそうよく　見えるのだ

光のくだもの

きみの胸の半球が　とほい　とほい
海のうへでぼくの手に載つてゐる

おもい　おもい　光でできたくだものよ
臟腑の壁を茨のとげのきみが刺し　きみが這ふ

遠さがきみを　ぼくのなかに溢れさせる
不在がきみを　ぼくの臟腑に住みつかせる

夜半《よは》に八万四千の星となつて　夢をつんざき
きみがぼくを通過したとき

ひび割れたガラス越しにぼくは見てゐた　星の八万四千が
きみをつらぬき　微塵に空へ飛び散らすのを

虫の夢

「ころんで　つちを　なめたときは　まづかつたけど
つちから　うまれる　やさいや　はなには
あまい　つゆの　すいだうかんが
たくさん　はしつて　ゐるんだね」

こどもよ
きみのいふとほりだ
武蔵野のはてに　みろよ
空気はハンカチのやうに揺れてるぢやないか
冬の日ぐれは　土がくろく　深くみえるね

おんがくよりもきらきら跳ねてたテンタウムシ
にごつた水を拭きまはつてゐたミヅスマシ
カミキリムシ
アリヂゴク
みんな静かにかへつてしまつた
土の大きな地下室へ

こどもよ
きみはにんげんだから
石をきづいて生きるときも
忘れるな
土のしたで眠つてゐる虫けらたちの
ときどきぴくりと動く足　夢のながいよだれかけを

かれらだつて夢をみるさ
いろつきの　収穫の夢
おんがくのやうな　水の夢

きみはにんげんだから
忘れるな
植物にきよらかなあまい水を送つてゐるのは
にんげんではなく
くろくしめつた　味のない
土であることを

きみはにんげんなのだから

いつも夢にみる女

女は刑場にひかれてきた
死すべき弓なりの軀幹
ゆれる髪でかげる額が
広場に催眠術をかけた

石階の割れ目から
死せる者の溜息がのぼり
グミの小さな茂みは
叫びをこらへて一揺れ
雀を哺《ふく》んで身をとぢた

ひとびとはただ集中する視線だつた
ひとびとはただ女に向つて集中した
死すべきものの美しさで
女は広場に催眠術をかけてしまつた

ひとびとが女に向つて積みあげた
蔑みと殺意と怖れの壁は
音なく女の胸に吸はれ

ひとびとはいま
つひに女と結ばれてゐた
淫らに内に捲くれこんだ彼らの茂みに
陽はあまく融けこんでゐた

私は舐めてゐた　わが眼の中で女の白い足を
私は女を抱きしめてゐた　広場の中で　無限に遠く

女の髪は天に吸はれ
足指は青白く伸びて死につつあつた

そして刑は永遠に始まらなかつた
女はそこにゐた　いやはての汗に濡れて
すこやかな子宮をもつて

ああこの催眠の恍惚の中で
死にかけてるのは　ただ
広場だつた
広場に群れるひとびとだつた

その安楽な噴水
その閑雅なる
平和だつた

――「彼女の薫る肉体」の post scriptum として

銀河とかたつむり

世界がいかに危険な深みに満ちてゐようと
死者たちの側から見れば
この世はもう
はてのはてまで終つてしまつた宴にすぎない

だが星空を嗅ぎ
こころはけふも稲妻の寝床に焦がれる
この世のはて　前代未聞の一撃を慕ひ
首さしのべる

ウィンチが鳴る
銀河と相識るかたつむりのため
けふもまた
けたたましくベルが鳴る　空に鳴る

かたつむりの内に湧く闇
生きるかぎり
内に湧く闇　冴えかへり
外に湧く風　湧きかへる　空

調布　Ⅱ

歳晩某日、よみうりの島田君から電話なり。
島田修二、歌よみにして、われその歌を愛でて敬す。
新聞の元旦号に詠草を三首よこせと歌人のたまふ。われは驚く。
短歌ハネ、専門歌人ノ独占物デハナイデセウ。ドウデスカ。ヤッテミテハ。

湯ぶねにつかつて歌に苦しむ。宮柊二さへさる折あらんを、
わが苦しむは当然なり。されどゆゆし、口を衝く歌、まづ他《あだ》し歌。
《みぞれふり夜《よ》のふけゆけば有馬山
いで湯の室《むろ》に人の音《と》もせぬ　　　上田秋成》

このわれに日ごろまつはるモチーフの、なきにはあらね、
ふしに乗すれば、なんぞやこれ、弛褌《ゆるふん》の歌。
《氷る夜の湯ぶねにありて　我は聴く
「ワレヲ救ヘ」と喚《よ》ぶ我のこゑ》

また一首、出でていよいよ哀れをとどむ。
《この露は　ほかのごみとはちがふぞと
塵のひとつが叫びつづくる（自らを嘲ふうた）》
すでにして家人どもの憫笑きこゆ。コレガ正月元日ノ歌カ。

よしさらば、われは思ひを雲路に馳せ、うたはばや。
《いにしへに人麻呂なりし灰もきて
遊ばぬものか　われの小部屋に》
灰とは何ぞと人間はば、骨ニキマツテヰルデハナイカ。

《あかときを冬鳥むれて湧くごとし
こはわが庭か　信じがたしも》

《葉の散れば　はやも新芽のこりこりと
硬きが立ちて　冬にまむかふ》

歌人いかなる面持ちに、かかる三首を受取りしか、知らず。
されどわれはかの弛褌《ゆるふん》の歌をこそ忘れざりけれ。
いかなれば、かのふしの、わが唇にのぼりしや。
内に喚《よ》ぶ、妖しくもなつかしき声。いかなれば。

《時の虚《うろ》に　いきづき　われはおどろきぬ
「我を救へ」と　おらぶわが声》
改作。修正。よしなきわざくれ。さるをなほ
われは執《しふ》して、つひに歌をばぶちこはしぬ。

かくてありけり。されどなほ、不思議なることもあるかな。
われ人麻呂の骨を夢みしひと月のち
あをによし奈良のみやこの山ぞひの、茶ばたけのうろに
民部卿太安萬侶、骨となり、墓誌をいだきて発見さる。

われはひそかにおののきぬ。
人麻呂ノ灰見ムコトモアリヌベシ。人こそ笑へ。
かの歌びとと同じ時世《ときよ》をあり経し人は、
浮く歯ぐきさへ持ちたりと、博士らは言ひにけらずや。

われは見る、わが住むまちの空につらなる西空に
大いなる歌びとの微塵がつくる雲廊《うんらう》を。
《しら露ぞ。なみの芥にあらざるぞ。
ひとひらの塵　うたひつづくる》

調布　V

まちに住むといふことは
まちのどこかに好きな所を持つといふこと。
まちのどこかに好きな人がゐるといふこと。
さもなけりや、暮らしちやいけぬ。

子どもはどんどん大きくなるが
親みづからには老いゆく自覚のないことを
ある日ふと怖ろしいと知る
路上の胡人、ぼくといふ他人。

みづからに遠くはぐれて流浪しながら
まちのどこかに好きな所をかくしてある。
好きな人をかくしてゐる。知らぬ顔して。
かくて、ぼくは「家長」だ。

だがある日、もくねんと新聞ひろげる息子のうなじを
朝の光が繊《ほそ》く浮かせてゐるのを見る、いとしさ。
哀しみに似たおどろき。
――*Akkun* や、君もつひに、徴兵の齢《とし》になるか。

銀座運河

西銀座三丁目。
そこにあつた新聞社で
十年間ロクを食んだ。

（やめてから十六年たつ。）

外電を処理する部だつた。
時差によつて夜行性の習慣を得た。
ロンドンのたそがれ六時の大事件が
東京では丑三つ時のひと騒ぎ。
三時をすぎて、ザラ紙の
原稿用紙と駆けつこした。

それが性に合つてゐた。

運河が前によどんでゐて、
夜になれば泥んこ水も灯にきらめいた。
最終版のいくさがすんだしののめ、
運河を背にして立ちならぶ
「でんちう」「おばこ」ののれんをわけて
串ざしのモツの煮込みにコップ酒。

それが性にあつてゐた。

だが経済の突撃ラッパだ。
運河はもろに埋め立てられ
食堂街に、デパートに、変つちやつた。
小屋がけの飲み屋もちりぢり……

夏ののしののめ、植物園の樹林から
ものを思へと響いてくる
グルルッポー、グルルッポーの含み声。

《マアちやん、こつちに煮込みと枝豆！》

まなかひに、とつじよ浮かんだ昔の運河よ、
夏の真昼のきみの臭ひが含んでゐた
酔客の、げろと小便
ぼうふらとガス。
あれはげにげに汚なかつたね、汚なくて
風情があつた。
にほひがあつて。
（食堂街もデパートも、いいにほひばかり）
消えた運河よ、耳うちしてくれ、
きみはいつたい
汚ないが、風情はあつたといふべきか、

汚ないから、それで風情があつたのだらうか。

倫敦懸崖

ヴィヴィエンヌ・ヘイウッド、
ダンサーだつた。
トマス・スターンズ・エリオット、
詩人だつた。
二人は、
結婚した。

トマスはまもなく処女詩集
『アルフレッド・プルーフロックの恋歌』を出し、
有名になつた。
慎重居士の中年の主人公に
かう言はせたのは大ヒットだつた。

「おれはもう何でも全部知つちやつたのだ。何でも全部。
夕暮だつて、朝だつて、午後だつて全部知つちやつたのだ、
コーヒーの匙で、おれはおれの一生を測つてしまつた。」

トマスはやがて『荒地』を書いた。
評判は峰を経めぐる稲妻となつて、
野にはためいた。
現代の荒野にたたずみ、
ダンテたらんとトマスはおもつた。

ヴィヴィエンヌは病気になつた。
精神が頽《くず》れはじめ
結婚から十六年後
療養所に預けられ
十六年間、そこで生き、
亡くなつた。

病を得た遠因がどこにあつたか
神さまも知つちやゐない。
けれどもぼくは
愛深くして心狂ふといふことあるを、
畏れつつ
心底ふかく信ずる者だ。

愛深くして心狂ふ女らは、
詩を切り裂いて
詩人を遙かに侮蔑する高みに去る者。

ヴィヴィエンヌがそんな女人だつたかどうか、
ぼくの知つたことではないが、
さういふ女のゐることを
畏れつつ、ぼくは知る。

妻の死んだ一年のち

トマスはノーベル文学賞の受賞者だつた。
それから十七年ののち
トマス・スターンズ・エリオットは
テームズ河の一月の霧を曳いて
天空へ去つた。

追悼の記事、評価の文、たくさん彼のあとを追つたが
ぼくは小さなひとつの文を
読んだのみ。
その記者は、エリオット氏との
折々の交遊を語り、
書いてゐた──

千九百三十一年
ヴィヴィエンヌが療養所に入れられてから
千九百四十七年
亡くなるまで、

エリオットは毎週木曜
欠かさず妻を訪れた。
十六年間。
しかし彼女は
この訪問者が何者であるか
最後まで知らなかつた、と。

その記者はまた書いてゐた、
エリオットがある日彼に語つたこと——

「ぼくは単語にとびこんで
もしそれが、いい言葉だと見極めがつけば、
いつの日か使ふためにとつておくのさ。
長いあひだ“Philogenitive《たさんけい》”を暖めてゐたが、
あるときたうとうぼくは使つた。

けれどひとつ、最後まで

使ひ途のみつからない単語があつたよ。
“antelucan”
欲しかつたら、君にあげよう。
もうぼくは、こいつについちや
あきらめたのだ。
ミルトン的でありすぎる。」

antelucan
「夜明ケ前」の意味だといふ。

反　歌

ぼくが今まで使つたことのなかつた言葉で

神《シン》に入《イ》る
箜篌《クゴ》のとほねや
秋曇《アキグモリ》

黙府

樹木の寿命は
おどろくべき長さに達する。
人間などは長くて百年。
カナリア諸島に生を享けた龍血樹などは
五千年六千年の命をもつ。
アフリカ産バオバブもしかり。

ファラオたちが
黄金《わうごん》の棺に詰めものとなつて、
王家の谷で豁然と目をあけたまま
永劫の夢に入つたころ、
一本の龍血樹の木が

大西洋の風に包まれ、
海岸に立つた。

つるぎ状の葉の密集する常緑樹が
樹齢のなかばに達したころ、
コロンブスとよばれる男が、
岩礁を避け沖合を
しづかに迂回していつた。
その眼にこの樹は映らなかつた。

この樹が生きてきた沈黙に
匹敵しうる沈黙を
いかなる長寿の生きものも
かつて知らない。
周りにすべての音響を通過させた
その音響の総量に
いかなる耳も堪へ得ない。

幹を刃物で切り裂くと
樹の肌は破れ、
すべての地上の生きものが流すやうに
龍血色の液をたらす。

人間はそれを奪つて
着色剤・防腐剤のたぐひを造るが、
樹を護つてゐる沈黙素を
もぎとることは、
つひにヒトの識るところでない。

詩府

詩を書くぞ。
なにがなんでも、詩を書くぞ。
書かではやまじ。
狂つて書く。
踊つて書く。
死んでは書き、死んでは書く。
獅子くれば皮ひつぺがして、
その皮に書く。
仏《ほとけ》くればひきずり倒し拝み倒し、
殺仏殺祖の魔と化して、
おん瞳なる永劫の
鏡を拭ひたてまつる。

詩を書くぞ。
なにがなんでも詩だ。
それ見ろ見ろ。
言葉がだんだんせりあがつてくる。
いつぽんいつぽん毛が見える。
言葉の毛
それは地球の草だつた。
浮きあがつてくる
《やっとの思ひ》を、
のせてゐる言葉の、ばんざいしてゐる手。
逃げ去つた《やっとの思ひ》を、
追つかける言葉の逃げ水。

「ヤッ、たうとう
おれはおれに猿ぐつわ
かませることに成功したぞ」

言葉がさけべば、

「引導わたしてやるから来い」

地獄が祝ふ。

詩を書くぞ。
なにがなんでも、詩を書くぞ。
書かではやまじ。
この詩府に、
見晴らし台なし。
大路なし。飛行場なし。
墓地またなし。
徘徊する幽霊どもに
切りつけて見な。
バサッと骨が音をたてるぜ。
死にきれず、鬼火をひいて
行き交ふなり。

けれどかうして
猛り狂ふ人むれの中で、
詩は赤んぼのてのひらのやうに
蕾んでは人知れず開き
朝もやをゆるやかに渦に巻いて
開いては人知れず散つて
ありとある空間を
そのほのかなる不在の香りで
胸がすこうし悪くなるほど
甘美にかんびに抱きしめてゐる。

調布　Ⅷ

某婦人に呈す

どんな嫌ひな人間が書いた詩でも
いい詩を読めば心はよろこぶ。
ただそれだけのことの中に
詩の秘密がある。
とるに足らない秘密だと思ふのだが
否定できない　どうしても。

調布　IX

文房具店すき。
寝酒すき。
飛花落葉の観念すき。
被虐好きの乙女ぶきみ。
花散る里すき。
湖水すき。
雰囲気の実体化すき。
秋晴れの下で病むのがすき。
はらりと重い尾花すき。
春野に落とした女櫛《をんなぐし》すき。
枯野に見つけた女櫛も。

ワタクシといふ現象は
ほんのすこしの快楽があれば生きられる。

きらひな思想がくさされてゐる。
好きな思想がほめてくれる。
水がうまい。
坂道を夕陽がすべる。
子どもがそれを取り押さへる。
魚屋が上機嫌で貝を計る。
同じ車輛にしつけの悪いガキがゐない。
研ぎ屋の息子を同級に持つ。
せまる怒濤に
晩夏の女体の実《み》が乗つてゐる。
逃げだすためのゴムボートもある。

ワタクシといふ現象は
ほんのすこしの快楽があれば生きられる。

「ほんのすこし」の集積として
ワタクシといふ現象はある。
ワタクシは日々
堕落してゐる。

新月が
谿谷を渡る。
太ることのできるものに
痩せられぬ道理はない。
戛々と逝く者よ
戛々と永遠に逝け。永遠に。

美術館へ

生まれてはじめて
美術館に入つた日のこと
おぼえてゐるのは
いつのまにか息をひそめて
廊から廊を伝つてゐたこと

肩を竝べて壁に立つ
たくさんの絵のなかに
ときどきじつと
ぼくを見つめてゐるものがゐた
それがぼくを慄へさせ
ぼくを酔はせた

彼方からの
凝視の気配が
眼前の絵からぼくまでの距離を
言ひやうのない遙けさで満たし
ぼくはそこでは
一瞬に千里を飛ぶ
夢うつつの
歩行者だつた

見ることは
見られることと
そのとき知つた

生まれてはじめて
美術館に入つた日のこと

人生論

おれは思はない、一篇の詩に
完成がありうるとは。

ただ達しえぬものに挑む、そのときだけ
人はたしかに持てると思ふ、ゆとりと笑ひを。

成功も悪くはない。悪いのはただ、
飲めば飲むほど渇きを産む塩水なのだ、成功は。

血液に成り変る前に
こいつは咽喉をばりばりに荒してしまふ。
おれは思はない、一個の死体に
過不足なく完成された終りがあるとは。

詩とはなにか　20

あるアンケート
日本語の数ある語彙の中で、とりわけ働きに富んだ語＝概念に、
時間・空間を意味する「間《ま》」があります。
あなたのお仕事の中で、「間」とは何ですか。

さういへば
詩を作るとき
「間」のことなど
考へたことありませんね
考へるのはむしろ
あなたのおつしやる
「間《ま》」

と
「間《ま》」
の
「間《あひだ》」の「間《ま》」を塡めてゐるはずの
息づかひだけ

吸ふ息と
　　吐く息に
汐の満ち干
　　月の力が
まつすぐに差してゐるなら

すなはちわたしが
月の力が押し通つてゆく息の通路の
横にも上にもはね散るやうにふくらんで
ゆく感覚を
もちうるときには

「間《ま》」はおのづから
うまくとれます

（星をよりよく見るためには
まはりの闇に目をこらせ）

「間《ま》」をうまくとらうなどと考へてゐると
その時間だけ「間《ま》」がずれこんで
間が抜けるのではないでせうか
気も抜けるのではないでせうか
気合があれば
間合もとれる
さういふことではないでせうか

「間《ま》」といふものを
何かと何かの「間《あひだ》」だと考へるなら
それはたぶんまちがつてます

仮に詩についていふなら
詩の中で私たちは

息をつめる
息をつく
息があがる
息もできない
息せはしく
息をゆるめ
息安らかに
息ふとく
休息

それらの息は
大いなる《間《ま》》から発して
《間《ま》》に還るもの
すなはち私の息づかひは

無限大の《間《ま》》の肉体に
ひととき宿る玉の露
宿つては消え
消えては宿り

息が《間《ま》》に彩《あや》を織るとき
すべてのいはゆる「間《ま》」なるものは
私の内から出現します
形がないゆゑ
すべての形の根源となる
「力」として。

松竹梅

葉の散れば
　はやも新芽の
　　こりこりと
硬きが立ちて
　冬にまむかふ

松

一本でも松は雄大
松籟なんてことばは
ほかの木にはちよつと使へぬ

積年の恋人たちの囁きが
いまもこもつて
棚引いてるのだ

マックヒムシが
猖獗をきはめるのも
松の木が
王者の滋味に
富んでゐるから

竹

竹どもの
あの身の揉みやうはどうだ
モンスーンの赤ん坊が
いまあの林に産みおとされて

雨を呼び　はやてをつかみ
生まれてはじめて
zaha zaha と笑つてるやうだ

まるでさう
大自然のジャイロスコープ
揺れに揺れつつ
いつもしつかり天を指す

七人の賢者も中で
揉みくちやになつて

梅

誤つて　花開く前の
紅梅の枝を折つてしまつたことがある

都めがけて殺到する
軍勢さながら
つぼみにむかつて奔流する
色素どもは

折れ口の鮮血となつて
ぼくの目を
ハッシと打つた

タラタラとしたたらないのが
あれほどぶきみな
ことはなかつた
イノチの

イロ！

あかときを
冬鳥むれて
湧くごとし
こはわが庭か
信じがたしも

世界は紙にも還元できる

一　漉《す》く

簀子《すのこ》に水をすくひあげて
娘の手は冬を揺すつてゐる
娘の手は春を梳《す》きあげてゐる

この溶けた繊維の液の内に発する
淡い光よ
白魚のむれよ

静まれば
息をつめて
淡雪になり
月光になり
落花の庭にもなる
薄ら氷《ひ》よ

この堪へがたい清い薄さを
手に入れるために
娘の手は冬を揺すつてゐる
娘の手は春を梳きあげてゐる

二　染める

「手を染める」とは
見そめて事に着手すること

染まるとは
色が色に寄り添ふこと

染まる前には予想だに
できなかつた火照りの中で

繊維は一本また一本
色づいてゆく

樹液を根から吸ひあげて
ゆつたりと呼吸しながら
沁み入る陽ざしに染まつてゐた
むかしのやうに――

「手を染める」とは
なんといふいい言葉だらう

三　紙

もうけつして
カウゾにも
ミツマタにも
戻ることはできないのだ

もうけつして
地べたに生えて
天を指す身に
戻ることはできないのだ

もうけつして
葉を茂らすこと
枯れることのできる身に
戻ることはできないのだ

紙になるといふことは
畏るべきことなのだ
にんげんよ
この変化《へんげ》を見よ

小雪回想集（抄出）

四　東京に帰つた

東京には
ニンゲンの顔したヒトがいつぱいゐる
花びらの耳
木の実の顎もときどきある
目尻に深く文字の皺を彫つてるヒト
眉毛に楽曲の線引いてるヒトも
時には混じつて歩いてをる
でも東京は　とにかく
ニンゲンの顔したヒトの溢れてるまちだ

都会つてものは
さういふもんだと思ふから
それでいいのだ
しかしいつもニンゲンの顔をしつづけるのは
くたびれることだ
ニンゲンの顔ばかり見て過ごすのも
くたびれることだ
顔が星空をしてゐる人
目が大洋をしてゐる人が
満員電車に一人でもゐると
そつと憧れてしまふ

この世の始まり

テレヴィジョンの画面に映る
マーチソン隕石のすりつぶされた塊り。
ガラス容器に密閉され
ガスバーナーで熱せられてゆく。

石からしだいに蒸気があがり
ガラス管を通過して水に変る。
太陽系と同じ年齢《とし》の
四十六億歳になる　水の蘇生！

このあつけない　けれど神秘な

時の蒸発。

むかしゲーテは誇りをもつて
「人間はいはば自然と神の
最初の対話である」と書いた。
はたしてさうであつただらうか。

自然と神の最初の対話は
人間なんか影も形もなかつた太古に
すべてもう終つてゐた。

人間はそれを　ただひたすら
さかのぼつて　胸ときめかせ
聴きにゆくだけ。

はる　なつ　あき　ふゆ

はるのうみ
あぶらめ　めばる
のり　わかめ　みる
いひだこ　さはら　さくらだひ
はまぐり　あさり　さくらがひ
やどかり　しほまねき
ひじき　もづく　いそぎんちやく

なつのうみ
よづり　いかつり
やくわうちゆう　くらげ
きす　あなご　ちぬ
とびうを　かははぎ　べら　をこぜ
いしだひ　はまち　おほだこ
いさき　かんぱち　ままかり
てんぐさ　ふなむし　ふのり

あきのうみ
あきあじ　あきさば　あきがつを
いわし　さんま　すずき
ぼら　はぜ
しいら　たちうを　さつぱ

ふゆのうみ
あんかう　なまこ

ふぐ
ちどり
かも

しんねんのうみ
おほはしのはつわたり
はつひので
なぎ
こども
おとな
うみかぜ
かもめ

渡り鳥　かく語りき

人間どもはおれの限りない飛翔を
鳥の天体航法と呼んでくれる
うまいことをいふものだ

おれはただ
デオキシリボ核酸の命ずるままに
海を渡る　荒天を衝いて

おれが属してゐるのは
生物の純粋な遺伝時間の泉だ
人間の国家とか文明のやうに
歴史に属したりはしてゐない

微醺詩

ゲーテはいつた
「よきものは少女の目くばせ
飲む前の酒のみのまなざし
あつたかい秋の日ざし」と

海山の静かな寝息もきこえるほど
五臓六腑に琥珀の液が
しみてゆく

始祖鳥が羊歯かきわける
ジュラ紀のころの夕焼けに立つ

二十世紀に生きてたことがあつたのを
ふと思ひ出し
美しいものを次から次へと思ひ出し

憎んでゐた敵たちとも
なつめの木陰のテーブルで
講和する気分

酒には品が大切だ

溜息と怒りのうた　（抄出）

I　イラクサ男のうたへる

詩　ですか?
詩はどうやつて作るか　ですか?
わたしにそれをお訊きになる?
わたくしに?

詩は真ッ正直な心なしには書けぬもの。
わたしはじつにその資格に欠ける者です。

詩ですか?
どうやつて詩を書くか　ですか?
お答へなどできないでせう。

詩は底知れぬやさしさなしに書けぬもの。
わたしはじつにその資格に欠ける者です。

人の心の底知れぬやさしさに
たうとうこの目が覚めたのは
裏切りの極みその人を殺した瞬間
でしかなかつた　うつけ者。

詩　ですか　まだ?
触らないでおきたまへ　わたくしに。

道ばたのイラクサの葉のとげとげの
蟻酸の通路　それがわたし。
自分では痛くも痒くもありませんのに
触れば人は痛むといふ。

わたしはイラクサ
自分では痛まない。
犠牲者を息を呑んで見守るだけ。

わたしを紹介する本には
書いてあります。
「若芽ハ食用　美味デアル」

詩　ですか?
遠い。
朝焼け。

懐かしいんだよな　地球も

――新年述志

沈黙が
奇蹟的に語の中に
割つて這入りえたとき
語ははじめて
詩のセメントになる

だが　沈黙に
見栄と我執の
塩分がするりと混じりこめば
このセメントは
徐々に　静かに
崩壊する

鉄道の橋架にでも
使はれるなんてことになつたら
脱線転落大事故必至
けれども　語は
かならず　どこかで
詩とよばれる架橋工事に
使はれるのだ

大いなる
沈黙を
詩に抱きこむのは
神曲を地獄で書くほど
難しい

なあ　おい
地球滅尽以後の
沈黙くん

きさらぎ　弥生

深大寺の白鳳仏から東へ一キロ
明大野球部グランドの
夕陽に映えてそびえる金網　その網を
神経さながら這ひあがる枯れた蔓草

金網ごしの夕空では
冬と春がひたと寄り添ひ
「まだしばらくは離れずゐようね」
ひらひらの雲になつて漂つてゐる

ひと月もたてば蟇《ひき》どもが
柔らかい闇の中から身を起こすのだ
今年のいのちを創るために
雄どもが大きな雌に挑む時がやつてきた

池のまはりで　二十ぴき　三十ぴき
雄どもは組んづほぐれつ闘ひながら
はたから見れば麗はしい恋の歌を
せつない美声で唄ふのだ

土の中に眠る者の数知れぬ影が
一瞬透けてみえるやうな如月《きさらぎ》のはて
グランドの金網ごしに見あげる空の
ひらひらの雲に春が冬と乗つてゐる

歌

「詩をうまく書く」とほめられるなんて恥だ
だが　詩を書くときの手つきは　我知らず
「うまい詩」を　こそこそ　もぞもぞ
探つてゐる　自分から遠く離れて

にんげんが深く自分に還るのは
意味からもろに抜け出たときだ
内臓壁の不随意筋の束になつて
朝の光に活潑に応じてゐるときだ

幸福を量で測るな
幸福に質の違ひがあるとも思ふな
量もない　質もない幸福の中で
女は凍つた顔と口を微笑で開封する　男も

少年は生きる
賢明な言葉ではなく
誘惑し刺戟する言葉によつて――
少年は生きる

少年は刺戟される
牝《めす》山羊のたつぷり豊かな胸乳《むなぢ》ではなく
牡《おす》山羊の強情無類にふんばる足によつて――
詩をうまく書くな

女について

フローベールは書いた——
「少年時代の恋愛は
官能などとは関係ない
ただ無限感で充足するのだ」

その通り
ついでにひとつ付け加へれば
もののふの八十《やそ》になつても
ぢぢいの恋は少年の恋と変らない

官能つてのはなんだらう
「かのぢよ」とか「情婦」とか
少年には口に出せない単語だつたが
現実の女以上に挑撥してくれたものだぜ

女がはじめて創られたとき
眉にも腰にも美の神々が寄り添つた
しかし醜の神々も「気に入つたぜ」と
うしろについて離れなかつた

どの女にも魅力があるが
どの女にもいやでたまらぬところがあらう
それはこちらがいやな野郎になつてる時だ
男であらうが女であらうがおんなじだ

文章に譬へてみれば
ある女は　詩句を随所で引用し

色つぽくうるほつてゐる学術論文
別の女は涼しげな響きをたててる抒情詩

おのがじし取柄もあれば艶もあるが
いやでたまらぬ文体にもなる
無限といへばこれこそ無限の
主題なき変奏曲　人生そのもの。

母を喪ふ

1

ヅヅヅヅ　ヅヅヅヅ　ヅヅヅヅ
低い連続音が枕元で呼んでゐる
真暗な部屋に　――ここはどこ？――
隙間を漏れて便所の明りが浮遊してゐる

電話のむかうの声は東京から来た
おれの頭をまつすぐに貫くために
声は優しいいたはりに満ちて告げてゐた
おふくろがさつき死んだと　美しい死顔だつたと

2

ベルリンの空は東京へつながつてゐる

渡り鳥が消えたあとへ
一筋の飛行機雲
その雲の遙か上へ
おふくろのおれを呼ぶ声が
鐘といつしよに昇つていつた

おふくろは　声になると　昔から
おれの名前を呼ぶだけの声になつた
どんな時　どんな会話をかはしたか
すべて消え去り　おれにはいつも
「マコチャン！」「マコト！」と呼ぶ声だけが
おふくろの声の刻印だつた

ベルリン芸術会館の屋上テラスを
青空が覆つてゐる　青葉がざはめき
その風の上を　暗くもなく
寂しげもなく　むしろ明るく　張りをもつて
おれの名を呼びながら
声になつたおふくろが昇つていくのを
おれはテラスの椅子に座つてありありと見た

ベルリンの空
東京と同じベルリンの空

3

おふくろの葬式でする挨拶のために
うら若いころ彼女が詠んだ短歌をさがした
おれが三つか四つのころ
彼女は歌を詠んでゐたのだ

歌の素材はほとんどがわが子のこと
おれは長男だつたから　歌はほとんどおれのこと

親父が短歌結社といふ
八面六臂のいろをんなに
誠意を尽す快楽にのめりこんで以来
彼女は詠まない女になつた
それがどんな因果の果てかおれは知らない

彼女は自分が歌を詠んだと
一度も語つたことがなかつた
親父の雑誌が複刻されて
初めておれは彼女の歌を読んだのだつた
初めておれはおれ自身の
子供姿にそこで出会つた
古井戸に野の下水《したみづ》はまだ通じてゐた

子供

大岡綾子

物心すでにつきしか旅ゆきし父のこと言ひて子はねむらざり
床の中に父の枕も並べおき共に寝たりと子ははしやげる
今頃は僕のお土産買つてるねと独りごちつゝ床にゐる吾子

鯉幟

たらちねの父が幟を買ふといへばおとなしくして待ち居る愛しさ
この鎧身につけて戦に出でしかときゝゐる子よ背に蝿二つ居り

子供詠

すとらいくつうだんなどとおぼえきて小学生にまじり遊び呆けゐる
父のばつと担へる信《まこと》ぷれいとに立ちてゐながら菓子をねだれる
野球部の選手にならばほーむらん飛ばすと云へり頼もしき信

寒き夜

火にかざす児の手を見れば悪戯にあかぎれ割れて肉が見えをり
朝まだき起き出でし児はダンゴ持ちておかざりやけと父を促し居ぬ

中の数首を会葬お礼の挨拶で披露したとき
大勢の弔問客に微笑が浮かんだ

こんな歌を詠んだ人とは
夢にも知らぬご縁の人たち
おれだつて知らなかつたもの

人生の破片の鏡が
夕日にきらりと輝くやうに
おふくろの後姿は
逆光に一瞬浮いてすつと消えた

4

白鷺

物音にひらりひらりと舞ひ立ちて鷺は輪をゑがく五月の空に
百あまり羽を揃へて飛ぶ鷺の見のすがしさや立ちて見送る

百羽あまりも白鷺が舞つてゐた日が
おれの町にもあつたのだ

流星がしきりに飛ぶころ
おふくろと螢を追つて川のほとりをさまよつた
稲田のあぜに勢ひよく跳ぶ蝗を集めて
香ばしいつくだ煮に煮つめたりもした
中学時代の戦中の暮れは
台所の狭い土間で
おれが臼で餅をつき
おふくろが手返しをした
いつも疲れを知らないのが
母親といふものだつた

思へば一度も不平を鳴らしたことがなかつた
好きと嫌ひははつきりしてゐた
嫌ひな男　嫌ひな女
それほど多くはなかつたが

息子が不平だらけの頭で
玄関の三畳間から地球の裏へ
這ひ出て帰つてこないときも
おふくろといふ小肥りの影は
探るやうな口はきかない塊りだつた
どんな会話をかはしたか　思ひ出せない
おれにはいつも
「マコチャン!」「マコト!」と呼ぶ声だけが
おふくろの声の唯一の刻印
八十過ぎても
張りのある呼び声だつた

声は決して持主を裏切らない

あんたはおれが死ぬときまで
その声の中に住んでゐてくれ
おれはあんたにいつでも会える

あんたがおれを呼びさへすれば。

白桃の尻が

白桃の尻が
覆はれて露に輝く
赤ん坊のうぶ毛よりもやはらかな光
赤ん坊のいきみよりもゆるやかな赤味
風の中で息をしてゐるくだものの
熟しつつある時間
こころを顕微鏡つき望遠鏡にして
息を詰め　腐敗のはじまる寸前の

成熟した果実の円みに
指と歯で近づく

人間のをんなも
人間のをとこも

こんなにも充実したまま
やはらかく凹むことができたなら！

光つてゐる　白桃の
割れ目の　時間よ。

割れ目の秘密

ワレメ——
さう聞くだけで
人はある種のものを
想像し

或ひは微笑し
或ひは顔を赤らめる

歴史の神秘な谷間を想ひ
地質学の知られざる発見を想ふ
（ああ　コトバは偉大だ
たつた一語で！）

詩

——マケドニア語訳新詩集序詩

私は思はない
詩が無用だとも
くだらないものだとも

逆に
詩は有用であり
すばらしいものだ

ただ　私自身の詩について思ふ時
一度もそれが
念頭に浮かばない

有用ですばらしい詩は
いつでも他人が書いてきた
千年前にも　五十年前にも

だから　詩の世界は
広大な海　多色の陸地だ
そこで生きるに値する私の場所だ。

光と闇

光は無限の空間から降つてくる
たいていの人はさう思つてゐる

ほんとは光は
何億光年彼方に散らばる
鉱物が割れて発生したのだ
厖大な鉱物に閉ぢこめられ
重量そのものにまで圧縮された闇こそ
光の故郷である

私といふ一瞬たりとも固定できない固体は
光と闇にたえず挟まれながら
しだいに押しつぶされ
厖大な鉱物の一片に化して
宇宙に還ることを希求してゐる
稀薄そのものの物体である

せめて私は
暗闇そのものになりたいと思ふ
闇の底から光がわづかに洩れてゐるので
内部の闇が泡立つてゐることがわかる
そのやうな闇に私はなりたい
せめて
二十億光年ののちに。

FRAGMENTS

1

アナログ時計の秒針にうちまたがり
同じ場所を飽きることなく回ってる人。
デジタル時計の数字の階段を
あへぎあへぎジャンプしつづけてる人。
「時」はかれらの外側で　いつも
豊かに溢れつづけてゐるのに。
――この人びと　かれらは
わたしだ。

2

明かるすぎる白昼の光は
物体から微細な影を
抹殺してしまふ。

私が画家として
夜を選ぶ理由はそれだ。
影の声は光よりも　三倍はポリフォニック。

3

人間は光の中で
理性によつて
血まみれの闇を産み出すことに
熱中する。

われらの足もと　冬の土の中には、
光がほんとはどの高みから降つてくるのか
闇の中で
正確に触知してゐる
無数の虫けらがゐる。
目も無しに。

4

恋の歓喜を唱ふ詩より
三倍も人気があるのは失恋の歌。

春の植物園の百種類の薔薇よりも
十倍胸にせまつて甦るのは

わたしを憫笑して去つたひとの

深い五本の目尻の皺。

5

道ばたの色とりどりの春の草花
その内側で
陽にぬくぬくと大あくびして
「すべてよし」と滅んでゆく　冬。

冬の瓦壊は完全なので
そのすべてが
そつくりそのまま
春の中で新しくなる。

6

コップの本質とは

水をも泥をも容れる「空虚」
であるといふこと。

7

発生しかけた沈黙を
わたしは言葉で
数へきれないほど
暗殺した。
罪を自覚することはなかつたが
罰は確実に下つた。
わたしの言葉は
受胎しそこねた

沈黙を。
沈黙の音楽の　その沈黙を。

8

瀧壺から巨龍が躍りあがる。
昇天して神となる。神鳴りとなる。

循環するすべての命に
動きの動機を与へる。

画家たちに抽象のための動機を与へ
抽象の記号を与へる。

子供らに凧の模様を与へ
自慢話と大ぼらの種子を与へる。

9

みんな　なんとゆつくり
列車に席を占めてゐるんだ。
帽子を脱ぎ　靴を脱ぎ　ベルトをはずし
名前を脱ぎ　仮面をはづし　顔も脱いで
うちくつろいで　温泉につかつた気分で。

この列車は　なんと楽ちん
片道切符でいいのだという。
列車は進む　どこまでも。
運転手はゐない。

運転手はきみだ。
レールはきらめき　まつさらのおニューだ。
どこまでもゆく。どこまでも。

キルナとトナカイ

スウェーデン

一

「キルナといふ名は　日本語では、
切るな　殺すな　といふ意味でね、
トナカイはさう叫びながら、このキルナで
刺身やステーキにされてくんだと思ふよ」

「まあさうなの、不思議な一致。キルナが
ドウント・キル・ミーですつて?」菜食主義の
リズは言つた、北に向かつて一路、
突走る小型バスの隣りの席で。

バスの左右の広い野つぱらには、
草から草へ移動中のトナカイの群れ。
「トナカイはね」、リズが言ふ、
「とても愚直で、可哀さうな生き物なの。

ハイウェーで、車がうしろから迫つてくると、
まつすぐに、脇目も振らず、夢中で逃げるの。
横へそれれば簡単に避けられるのに、
ただもう　ひたすら　前へ　前へと」

「それで?」「ええ、それで」、彼女は言ふ、
「おしまひに、レインディアは、
斃れてしまふ、心臓麻痺で」
碧い瞳が、まつすぐ前をみつめて言ふ。

二

ストックホルムから二時間の飛行時間で、ぼくら数人
北極圏ラップランドの中央部　キルナに着いた。
時は六月。「真夜中の太陽」を仰ぎつつ、夕食は
そのトナカイの豊富なステーキと　乏しい野菜の晩餐。

十日間のスカンジナヴィアの旅も　終りに近づき、
亜麻色の髪美しいリズとの別れもまぢか。
逢つた人々、詩人、小説家、学者、批評家ほか。
訪ねた場所、神秘思想家スウェーデンボリの簡素な方丈ほか。

盃を目の高さに挙げ、見つめ合ひ、うなづいて、
何度も乾杯する「スコール！」にも慣れ、
慣れたと思へばもうお別れだ、リズの、
ふと紅みがさす慎しみぶかい頬にもお別れ。

「スウェーデンの　いはゆるフリー・セックスですが、」
談笑の合間に、とつぜん彼女は　あらたまつて言つた。
「この国では　女性も外で働くのが普通です、
専業主婦は非常に少ない。人口も少ないですし。

社会人として働けば、夫以外の男性との接触がふえ、
恋愛に発展する機会も増します。
そんな時、何食はぬ顔で秘密の関係を続けるか、
わが感情に率直であらうとするか、そこで違ひが出るのね。

他の国々では隠れて行なはれてゐることが、
この国では正直に表現される傾向が強いのです。
でも実態は　ほとんど違はないと　私は思ふ」
恥ぢらふやうにうつすらと　紅みが頬にさしてゐた。

三

リズの所属するのは、スウェーデン協会文化交流部。
ぼくらは彼女の十日間の日程表のレールに乗つた。
北欧のヴェニスの称あるストックホルムの水路から、
豊富な鉄鉱石を掘り起こしてゐる北極圏のキルナまで。

泊まつたホテルはホテル・フェルム。名もずばり「鉄ホテル」である。
この土地一の高級な宿だ。午後十一時半一行到着。
六月のラップランドは日が沈まない。週末の高級ホテルは
割れんばかりの喧騒で　ぼくらを迎へた。

食堂のまんなかが　踊り場となつて、
若い男女が揉み合つて踊る、むんむんの熱気。
けれど女は数へるほどだ。溜つた精気がはち切れて、
週末の、逞ましい炭鉱労働者たちの、奇声・蛮声。

ああ、浮世。数人の異国の男女は、好奇のまなこの
集中砲火だ。かはるがはる丁重に　ダンスを誘ひに来る男たち、
穏やかに　威厳をもつて　丁重にお断りするぼくらのリズ。
自分がいちばんお誘ひのお目当てなのに。

四

リズはスウェーデンが好きで住みついてしまつたアメリカ人だと、
聞いた時には唖然とした。この国のよさを
身をもつて教へてくれたのは、彼女ぢやないか。スウェーデンの
外への窓を、にこやかに開けてゐるのが、アメリカの女だつたとは。

さよならと　言ひ合つてからも、雨垂れのやうに
手紙は来た、几帳面な字がぼくの心に　懐かしい波紋を散らして。
ある時急に　それが途絶えるまで。
オフィスに　二、三度電話するも不在。

たうとうぼくは知ることになる。

「彼女はもう、ここにはをりません」「病気ですか」

「いいえ、遠い場所です」「どこへ？」

「インドですね、たしか」「たしか、インド！」

彼女が送つてくれた一冊のポケットブックが
ぼくの手に残つた。スウェーデンの生んだ
哲人風政治家ダグ・ハマーショルドの省察録
『道標《マーキングズ》』。「愛読書ですが、あなたに送ります」

ダグは死んだ、アフリカで、国連の職務遂行中、
飛行機事故で。歿後ノーベル平和賞遺贈。
「頂上に達するまでは、山の高さを測るな。
達すれば、どんなに低い山だつたか分かる。」（D・H）

五

水の都ストックホルムを懐《おも》ひながら、
ぼくはふと思ひ出す、フリー・セックスについて
リズが真剣に語つてゐたことの数々。
「あれは自分が直面してゐたことだつた？」

インドへ去つたといふ人は　瞑想的なまなざしの、
きびきび働く美女だつたが、なぜかぼくの脳裡には、
不意に浮かんだのだ、野つぱらの一本道を
懸命に走り続けてつひに斃れる　優雅なトナカイの姿。

あとがきにかえて　谷川俊太郎

「初秋午前五時白い器の前にたたずみ／谷川俊太郎を思つてうたふ述懐の唄」という長い題名の詩を大岡が書いてくれてから、四十年近い歳月が過ぎたとはどうしても思えない。大岡との長いつきあいは、いつもその時々に於いて大変生き生きと今現在なので、それを回顧するというような形がとれない。

この〈述懐の唄〉に、今になって返歌ならぬ返詩を書くことが出来たのも、私たちのつきあいの presence が、時間に影響されていないからだろう。千六百頁を超える『全詩集』とその後の『旅みやげ　にしひがし』から、一冊の選詩集を編むのは至難の業だったが、これを豊かな大岡世界のビオトープとして受けとってもらえることを願っている。

＊

微醺をおびて

おおおかぁ
おれたちいなくなっちゃうんだろうか
晩春の丘のてっぺんから
やわらかい水平線に目をほそめた日も
日めくりと一緒に屑篭に捨てられたんだろうか

おれたちの心の中では
目に見えなかったアンドロメダ
耳に聞こえなかった沈黙
手でさわれなかったおとし穴が
ことばの胞衣に包まれて寝息を立てている

おおおかぁ
早すぎるとはもう思わない
でもおれたち二人の肉だんごもいつかは
おとなしくことばと活字に化してしまうのかな
イッスンサキノ闇に墜落するだけなのかな

そんなこたぁないとおれは思う
鬱蒼と茂る君のことばの森の木々も下草も
比喩の土壌に根を張りうたの空へと伸び上がる
君のことばを読んで君の声を聞きとることで
少女らはにんげんは犬猫も君を味わい君を生きる

おれはまた君と連詩で遊び呆けたい
とりあえずアクロスティックの発詩をひとつ

おおきなおかにのぼろうよ
おおきなうみをみていると
おおきなきもちになれるから
かぜにふかれてわらってる
まことくんもみえてくる
ことばのくにをあとにして
ときのかなたをめざすのか

二〇一五年五月

出典一覧

うたのように 2「記憶と現在」書肆ユリイカ
さむい夜明け「記憶と現在」書肆ユリイカ
春のために「記憶と現在」書肆ユリイカ
可愛想な隣人たち「記憶と現在」書肆ユリイカ
夏の訪れ「大岡信全詩集」思潮社
虻「大岡信全詩集」思潮社
水底吹笛「大岡信全詩集」思潮社
懸崖「大岡信全詩集」思潮社
おはなし〈今日の詩人双書 7〉「大岡信詩集」思潮社
さわる〈今日の詩人双書 7〉「大岡信詩集」思潮社
静物「わが詩と真実」思潮社
家族「わが詩と真実」思潮社
大佐とわたし「わが詩と真実」思潮社
マリリン（抄出　第 1・4・6・7 連）「わが詩と真実」思潮社
少年時〈総合詩集〉「大岡信詩集」思潮社
物語の人々〈総合詩集〉「大岡信詩集」思潮社
真珠とプランクトン「大岡信全詩集」思潮社
春の内景「大岡信全詩集」思潮社
炎のうた「大岡信全詩集」思潮社
環礁「大岡信全詩集」思潮社
地名論「大岡信全詩集」思潮社
風の説「砂の嘴・まわる液体」青池社
あかつき葉っぱが生きている「透視図法—夏のための」書肆山田
わたしは月にはいかないだろう「透視図法—夏のための」書肆山田
冬「悲歌と祝禱」青土社
死と微笑「悲歌と祝禱」青土社
豊饒記「悲歌と祝禱」青土社
とこしへの秋のうた（抄出）ながめ／片思ひ／おもかげ／きぬぎぬ／歳の暮　「悲歌と祝禱」青土社
そのかみ「悲歌と祝禱」青土社
初秋午前五時白い器の前にたたずみ 谷川俊太郎を思つてうたふ述懐の唄「悲歌と祝禱」青土社
少年「悲歌と祝禱」青土社
丘のうなじ「春　少女に」書肆山田
馬具をつけた美少女「春　少女に」書肆山田
光のくだもの「春　少女に」書肆山田

虫の夢「春　少女に」書肆山田
いつも夢にみる女「春　少女に」書肆山田
銀河とかたつむり「春　少女に」書肆山田
調布　Ⅱ「水府　みえないまち」思潮社
調布　Ⅴ「水府　みえないまち」思潮社
銀座運河「水府　みえないまち」思潮社
倫敦懸崖「水府　みえないまち」思潮社
黙府「水府　みえないまち」思潮社
詩府「水府　みえないまち」思潮社
調布　Ⅷ「水府　みえないまち」思潮社
調布　Ⅸ「水府　みえないまち」思潮社
美術館へ「草府にて」思潮社
人生論「草府にて」思潮社
詩とはなにか 20「詩とはなにか」青土社
松竹梅「詩とはなにか」青土社
世界は紙にも還元できる「ぬばたまの夜、天の掃除器せまつてくる」岩波書店
小雪回想集（抄出）四　東京に帰つた「ぬばたまの夜、天の掃除器せまつてくる」岩波書店
この世の始まり「故郷の水へのメッセージ」花神社
はる　なつ　あき　ふゆ「故郷の水へのメッセージ」花神社
渡り鳥　かく語りき「故郷の水へのメッセージ」花神社
微醺詩「故郷の水へのメッセージ」花神社
溜息と怒りのうた（抄出）Ⅰ　イラクサ男のうたへる「故郷の水へのメッセージ」花神社
懐かしいんだよな　地球も「地上楽園の午後」花神社
きさらぎ　弥生「地上楽園の午後」花神社
歌「火の遺言」花神社
女について「火の遺言」花神社
母を喪ふ「火の遺言」花神社
白桃の尻が「光のとりで」花神社
割れ目の秘密「光のとりで」花神社
詩「光のとりで」花神社
光と闇「光のとりで」花神社
FRAGMENTS「世紀の変り目にしやがみこんで」思潮社
キルナとトナカイ「旅みやげ　にしひがし」集英社

この詩集は、「大岡信全詩集」（思潮社）、「旅みやげ　にしひがし」（集英社）より選びました。

丘のうなじ

二〇一五年六月六日初版発行
詩　大岡 信
編　谷川俊太郎
発行者　田中和雄
発行所　株式会社　童話屋
〒166-0016　東京都杉並区成田西二―五―八
電話〇三―五三〇五―三三九一
製版・印刷・製本　株式会社　精興社
NDC九一一・二五六頁・四六判
落丁・乱丁本はおとりかえします。
ISBN978-4-88747-125-2